OSO EN LA CIU[DAD]

Escrito por Stella Blackston[e]
Ilustrado por Debbie Harte[r]

Barefoot Books
Celebrating Art and Story

Todas los días, Oso sale a pasear.

CASA DE LA MIEL

**Hasta la ciudad
le gusta caminar.**

Los lunes,
va a la panadería.

PANADERÍA DE LA ABUELITA

Los martes,
a la piscina a nadar.

Los miércoles,
le gusta ir al cine.

CINE LAS ESTRELLAS

Los jueves,
va al gimnasio a entrenar.

Los viernes,
va a la juguetería.

**Los sábados,
al parque a pasear.**

Los domingos, se divierte mucho

PARQUE LOS COLUMPIOS

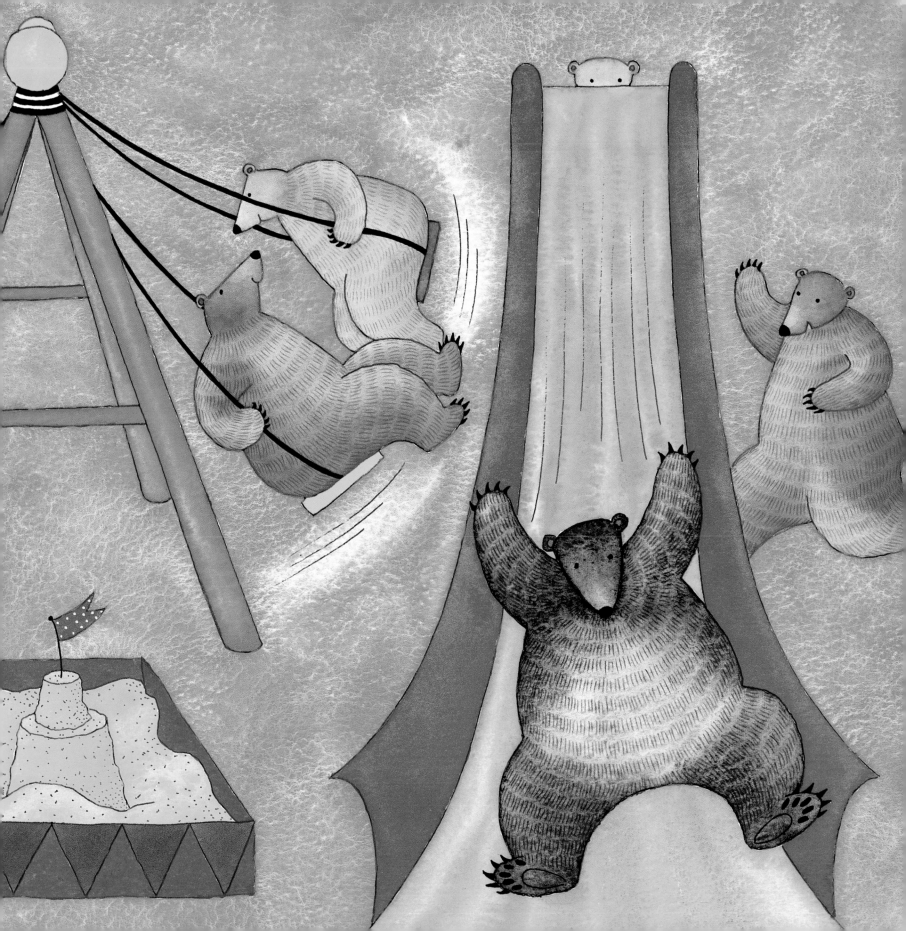

cuando va con
sus amigos a jugar.